Suprotstavljene Strane

# Suprotstavljene Strane

ALDIVAN TORRES

Canary Of Joy

# CONTENTS

1 | 1

Suprotstavljene strane
Aldivan Teixeira Torres
Suprotstavljene strane
Autor: Aldivan Teixeira Torres
© 2017"Aldivan Teixeira Torres
Sva prava pridržana

---

Ova knjiga, uključujući sve dijelove, zaštićena je autorskim pravima i ne može se reproducirati bez odobrenja autora, preprodati ili prenijeti.

---

Kratka biografija: Aldivan Teixeira Torres stvorio je seriju vidjelica, seriju sinova svjetlosti, poeziju i scenarije. Njegova književna karijera započela je krajem 2011. objavljivanjem prve romanse. Iz bilo kojeg razloga, prestao je pisati tek nastavljajući karijeru u drugoj polovici 2013. Od tada, nikada nije prestao. Nada se da će njegovo pisanje doprinijeti brazilskoj kulturi, izazivajući zadovoljstvo čitanja u onih koji još nemaju tu naviku. Njegov moto je "Za književnost, jednakost, bratstvo, pravdu, dostojanstvo i čast čovjeka zauvijek".

"Kraljevstvo nebesko je poput čovjeka koji je na polju posijao dobro sjeme. Jedne noći, kad su svi spavali, došao je njegov neprijatelj i posijao korov među žito i pobjegao. Kad je pšenica rasla, a klasovi su se počeli stvarati, tada se pojavio i korov. Zaposlenici su tražili vlasnika i rekli su mu. "Gospodine, niste li na svom polju posijali dobro sjeme? Otkud onda korov?" Vlasnik je odgovorio: "'Je li to učinio neprijatelj." Zaposlenici su pitali: "Hoćemo li iščupati korov?" Vlasnik je odgovorio:

"Nemoj. Može biti da nakon izvlačenja pljeve dobijete i pšenicu. Pustite ga da raste zajedno do berbe. A u vrijeme žetve reći ću sijačima: Počnite prvo s korovom i svežite ga u snopove da se spali. Zatim sakupi žito u moju staju. "Matej 13: 24"30.

Novo doba
Sveta planina
Koliba
Prvi izazov
Drugi izazov
Duh planine
Odlučujući dan
Trema
Jedan dan prije posljednjeg izazova
Treći izazov
Špilja očaja
Čudo
Ponovni susret sa čuvarom
Opraštajući se s planinom
Putovanje u prošlost

### Novo doba

Nakon neuspjelog pokušaja objavljivanja knjige, osjećam kako mi se snaga obnavlja i jača. Napokon, vjerujem u svoj talent i vjerujem da ću ispuniti svoje snove. Naučio sam da se sve događa u svoje vrijeme i vjerujem da sam dovoljno zreo da ostvarim svoje ciljeve. Uvijek se sjetite: Kad nešto stvarno želimo, svijet se uroti da to i ostvari. Tako se osjećam: obnovljen snagom. Osvrćući se, mislim na djela koja sam toliko davno pročitao, a koja su sigurno obogatila moju kulturu i moje znanje. Knjige nas dovode kroz nama nepoznate atmosfere i svemire. Osjećam da moram biti dio ove povijesti, velike povijesti koja je književnost. Nije važno hoću li ostati anoniman ili ću postati veliki autor koji je prepoznat u cijelom svijetu. Ono što je važno je doprinos koji svaki daje ovom velikom svemiru.

Sretan sam zbog ovog novog stava i pripremam se za veliko putovanje. Ovo putovanje promijenit će moju sudbinu i sudbine onih koji mogu strpljivo čitati ovu knjigu. Krenimo zajedno u ovu avanturu.

Pripreme

Spakiram kovčeg sa svojim osobnim predmetima od najveće važnosti: nešto odjeće, neke dobre knjige, svoje nerazdvojno raspelo i Bibliju i nešto papira za pisanje. Osjećam da ću na ovom putovanju steći puno inspiracije. Tko zna, možda postanem autor nezaboravne priče koja odlazi u povijest. Prije nego što odem, moram se oprostiti od svih (posebno od majke). Preza štitnička je i neće me pustiti bez opravdanog razloga ili barem uz obećanje da ću se uskoro vratiti. Osjećam da ću jednog dana morati zavapiti slobodu i letjeti poput ptice koja je stvorila svoja krila ... i ona će to morati razumjeti, jer ja ne pripadam njoj, već radije svemir koji me je dočekao ne zahtijevajući ništa od mene zauzvrat. Za svemir sam odlučio postati spisateljicom i ispuniti svoju ulogu i razviti svoj talent. Kad stignem na kraj puta i napravim nešto od sebe, bit ću spreman stupiti u zajednicu sa stvoriteljem i naučiti novi plan. Siguran sam da ću u tome imati i posebnu ulogu.

Zgrabim kofer i s tim osjećam kako se tjeskoba uzdiže u meni. Pitanja mi padaju na pamet i uznemiruju me: Kakvo će biti ovo putovanje? Hoće li nepoznato biti opasno? Koje mjere opreza trebam poduzeti? Ono što znam je da će to za moju karijeru biti zamišljeno i voljan sam to učiniti. Stisnem kofer (opet) i prije odlaska potražim obitelj da se oprostim. Moja majka je u kuhinji i priprema ručak sa sestrom. Približim se i obratim se ključnom pitanju.

"Vidite ovu torbu? Bit će mi jedini suputnik (osim vas, čitatelja) na putovanju koje sam spreman napraviti. Tražim mudrost, znanje i užitak u svojoj profesiji. Nadam se da oboje razumijete i odobravate odluku koju sam donio. Dođi; zagrli me i dobre želje."

" Sine moj, zaboravi svoje ciljeve jer su oni siromašni za nas poput nas nemogući. Tisuću sam puta rekao: Nećete biti idol ili nešto slično. Shvatite: Nisi rođena da budeš velik čovjek " rekla je Julieta, moja majka.

"Slušaj našu majku. Zna o čemu govori i potpuno je u pravu. Vaš san je nemoguć jer nemate talenta. Prihvatite da je vaša misija samo biti jednostavan učitelj matematike. Nećete ići dalje od toga " rekla je Dalva, moja sestro.

" Dakle, nema zagrljaja? Zašto ne vjerujete da mogu biti uspješan? čak i ako platim za ostvarenje svog sna, bit ću uspješan jer je velik čovjek onaj koji vjeruje u sebe. Napravit ću ovo putovanje i otkrit ću sve što se ima za otkriti. Bit ću sretan jer se sreća sastoji u tome da slijedimo put koji Bog prosvjetljuje svuda oko nas kako bismo postali pobjednici.

Rekavši to, usmjeravam se prema vratima sa sigurnošću da ću biti pobjednik na ovom putovanju: putovanju koje će me odvesti do nepoznatih odredišta.

## Sveta planina

Davno sam čuo za izuzetno negostoljubivu planinu na području Pesqueira. Dio je planinskog lanca Ororubá (autohtono ime) u kojem obitavaju autohtoni ljudi Xukuru. Kažu da je postalo sveto nakon smrti tajanstvenog liječnika iz jednog od plemena Xukuru. U stanju je ostvariti svaku želju, sve dok je namjera čista i iskrena. Ovo je početna točka mog putovanja čiji je cilj omogućiti nemoguće. Vjerujete li čitateljima? Onda ostanite sa mnom obraćajući posebnu pozornost na narativ.

Slijedom autoceste BR"232, do općine Pesqueira, otprilike petnaest milja od središta, nalazi se Mimoso, jedan od njegovih okruga. Suvremeni most, nedavno izgrađen, omogućuje pristup mjestu koje se nalazi između planina Mimoso i Ororubá, okupanog rijekom Mimoso koja teče do dna doline. Sveta planina je točno u ovom trenutku i tu vozim.

Sveta planina nalazi se pored četvrti i za kratko vrijeme sam u njenom podnožju. Moj um luta prostorom i dalekim vremenom zamišljajući nepoznate situacije i pojave. Što me čeka po penjanju na ovu planinu? To će zasigurno biti oživljavajuća i poticajna iskustva. Planina je niskog rasta (2300 ft.) I sa svakim korakom osjećam se samopouzdanije, ali i očekivanije. Sjećanja mi padaju na pamet iz intenzivnih iskustava koja sam proživio tijekom dvadeset i šest godina. U ovom kratkom razdoblju dogodilo se mnogo fantastičnih pojava zbog kojih sam povjerovala da sam posebna. Postupno, ove uspomene mogu podijeliti s vama, čitatelji, bez krivnje. Međutim, ovo nije vrijeme. Nastavit ću stazom planine u potrazi za svim svojim željama. To se nadam i prvi put sam umoran. Prošao sam pola rute. Ne osjećam fizičku iscrpljenost, već uglavnom mentalnu zbog čudnih glasova koji me traže da se vratim. Inzistiraju prilično. Međutim, ne predajem se lako. Želim stići na vrh planine zbog svega što vrijedi. Planina za mene udiše zrake promjene koji odišu onima koji vjeruju u njezinu svetost. Kad stignem tamo, mislim da ću točno znati što učiniti da dođem do puta koji će me voditi kroz ovo putovanje koje sam toliko dugo čekao. Zadržavam svoju vjeru i svoje ciljeve jer imam Boga koji je Bog nemogućeg. Nastavimo šetati.

Već sam prošao tri četvrtine puta, ali i dalje me progone glasovi. Tko sam ja? Kamo idem? Zašto osjećam da će mi se život dramatično promijeniti nakon iskustva na planini? Osim glasova, čini se da sam sam na putu. Je li moguće da su i drugi pisci osjećali isto što je išlo svetim putovima? Mislim da će moj misticizam biti sličan bilo kojem drugom. Moram nastaviti, moram prevladati i izdržati sve prepreke. Trnje koje boli moje tijelo izuzetno je opasno za ljude. Ako preživim ovaj uspon, već bih se smatrao pobjednikom.

Korak po korak, bliži sam vrhu. Već sam udaljen samo nekoliko metara od njega. Znoj koji mi teče tijelom čini se da je uklopljen u svete mirise planine. Nakratko zastajem. Hoće li moji najmiliji biti zabrinuti? E, sad to stvarno nije važno. Trenutno moram razmišljati o sebi kako bih stigao na vrh planine. O tome ovisi moja budućnost. Još samo nekoliko koraka i stižem na vrh. Puše hladan vjetar, izmučeni glasovi zbunjuju moje rasuđivanje i ne osjećam se dobro. Glasovi viču:

"Uspio je, bit će nagrađen! "Je li uopće vrijedan? "Kako se uspio popeti na cijelu planinu? Zbunjena sam i vrti mi se u glavi; Mislim da mi nije dobro.

Ptice plaču, a zrake sunca u potpunosti mi miluju lice. Gdje sam? Osjećam se kao da sam se napio dan ranije. Pokušavam ustati, ali ruka me sprječava. Vidim da je uz mene sredovječna žena, crvene kose i preplanule kože.

"Tko si ti? Što mi se dogodilo? Boli me cijelo tijelo. Moj se um osjeća zbunjeno i nejasno. Je li uzrok tome sve što je na vrhu planine? Mislim da sam trebao ostati u svojoj kući. Moji su me snovi poticali do ovog trenutka. Polako sam se penjao na planinu, pun nade u bolju budućnost i neki smjer prema osobnom rastu. Međutim, praktički se ne mogu kretati. Objasnite mi sve ovo, molim vas.

"Ja sam čuvar planine. Ja sam duh Zemlje koji puše ovamo i onamo. Poslali su me ovdje jer ste vi pobijedili u izazovu. Želite li ostvariti svoje snove? U tome ću ti pomoći, dijete Božje! Pred vama su još mnogi izazovi. Ja ću te pripremiti. Ne boj se. Vaš Bog je s vama. Odmori se malo. Vratit ću se s hranom i vodom kako bih udovoljio vašim potrebama. U međuvremenu se opustite i meditirajte kao i uvijek.

Rekavši to, gospođa mi je nestala iz vida. Ova uznemirujuća slika ostavila me više uznemirenog i punog sumnji. Koje bih izazove morao pobijediti? Od kojih su se koraka sastojali ovi izazovi? Vrh planine bio je zaista jako lijepo i mirno mjesto. S visine se vidjela mala nakupina kuća u Mimoso. To je visoravan ispunjena strmim stazama punim vegetacije sa svih strana. Bi li ovo sveto mjesto, netaknuto prirodom, doista ostvarilo moje planove? Bi li me to učinilo književnikom po odlasku? Samo je vrijeme moglo odgovoriti na ova pitanja. Budući da je ženi trebalo neko vrijeme, počeo sam meditirati na vrhu planine. Koristio sam sljedeću tehniku: Prvo, razbistrim misli (bez ikakvih misli). Počinjem dolaziti u sklad s prirodom oko sebe, mentalno promišljajući cijelo mjesto. Odatle počinjem shvaćati da sam dio prirode i da smo u potpunosti povezani u velikom ritualu zajedništva. Moja tišina je tišina majke prirode; moj plač je i njezin plač; Postupno počinjem osjećati njezine želje i težnje, i obrnuto. Osjećam njezin uznemireni vapaj za pomoć moleći za spas svog života od ljudskog uništenja: krčenje šuma, pretjerano rudarstvo, lov i ribolov, emisija zagađujućih plinova u atmosferu i druga ljudska zlodjela. Isto tako, ona me sluša i podržava me u svim mojim planovima. Tijekom moje meditacije potpuno smo povezani. Sav sklad i suučesništvo ostavili su me potpuno tiho i koncentrirano na moje želje. Sve dok se nešto nije promijenilo: osjetio sam isti dodir koji me jednom probudio. Polako sam otvorio oči i vidio da sam licem u lice sa istom ženom koja se nazvala čuvaricom svete planine.

"Vidim da razumijete tajnu meditacije. Planina vam je pomogla da otkrijete malo svog potencijala. Rast ćete na mnogo načina. Pomoći ću vam tijekom ovog postupka. Prvo vas molim da se obratite prirodi kako biste pronašli rogove, letvice, rekvizite i crte za podizanje kolibe, a zatim drva za ogrjev. Noć se već bliži i trebate se zaštititi od divljih zvijeri. Od sutra ću vas naučiti mudrosti šume kako biste prevladali pravi izazov: Špilju očaja. Samo čista srca preživljavaju vatru njegove analize. Želite li ostvariti svoje snove? Zatim platite cijenu za njih. Svemir nikome ništa ne daje besplatno. Mi smo ti koji moramo postati dostojni da bismo postigli uspjeh. Ovo je lekcija koju moraš naučiti, sine moj.

"Razumijem. Nadam se da ću naučiti sve što mi je potrebno da prebrodim izazov špilje. Nemam pojma što je to, ali sam uvjeren. Ako sam svladao planinu, uspjet ću i u pećini. Kad odem, mislim da ću biti spreman na pobjedu i uspjeh.

"Čekaj, ne budi toliko samouvjeren. Ne znate špilju o kojoj govorim. Znajte da je mnogim ratnicima već suđena njegova vatra i da su uništeni. Špilja nikome ne pokazuje sažaljenje, čak ni sanjarima. Imajte strpljenja i naučite sve što ću vas naučiti. Tako ćete postati pravi pobjednik. Zapamtite: Samopouzdanje pomaže, ali samo s pravom količinom.

"Razumijem. Hvala vam na svim savjetima. Obećavam vam da ću to pratiti do kraja. Kad me očaj sumnje zamahne, podsjetit ću se na vaše riječi i podsjetiti se da će me moj Bog uvijek spasiti. Kad u mračnoj noći duše nema bijega, neću se bojati. Pobijedit ću špilju očaja, špilju kojoj nikad nitko nije pobjegao!

Žena se prijateljski oprostila obećavši povratak drugog dana.

**Koliba**

Pojavljuje se novi dan. Ptice zvižde i pjevaju svoje melodije, vjetar je sjeveroistočni i njegov povjetarac osvježava sunce koje u ovo doba godine žestoko izlazi vruće. Trenutno je prosinac i za mene je ovaj mjesec jedan od najljepših mjeseci jer je početak školskog odmora. Zasluženi je predah nakon duge godine posvećene studiju na fakultetu Matematike; U trenutku kada možete zaboraviti sve integrale, izvode i polarne koordinate. Sad se moram brinuti o svim izazovima koje će mi život postaviti. Moji snovi ovise o tome. Leđa me bole kao rezultat loše noći sna koja leži na pretučenoj zemlji koju sam pripremio kao krevet. Koliba koju sam sagradio s nevjerojatnim naporom i vatra koju sam palio davale su mi određenu dozu sigurnosti noću. Međutim, čuo sam zavijanje i korake izvan njega. Kamo su me vodili moji snovi? Odgovor je na kraju svijeta gdje civilizacija još nije stigla. Što biste učinili, čitatelju? Biste li riskirali i putovanje kako biste ostvarili svoje najdublje snove? Nastavimo naraciju.

Umotana u vlastite misli i pitanja, malo sam shvatila da je uz mene neobična dama koja mi je obećala pomoći na putu.

"Jesi li dobro spavao?

"Ako dobro znači da sam još uvijek cjelovit, da.

" Prije svega, moram vas upozoriti da je tlo kojim koračate sveto. Stoga, nemojte biti zavedeni izgledom ili impulzivnošću. Danas je vaš prvi izazov. Neću vam donijeti više hrane ni vode. Pronaći ćete ih prema vlastitom računu. Slijedite svoje srce u svim situacijama. Morate dokazati da ste vrijedni.

"U ovom grmu ima hrane i vode i trebao bih je skupiti? Gledajte, gospođo, navikla sam kupovati u supermarketu. Vidiš ovu kabinu? To me košta znoja i suza, ali još uvijek ne mislim da je sigurno. Zašto mi ne odobriš dar koji trebam? Mislim da sam se pokazao dostojnim onog trenutka kad sam se popeo na tu strmu planinu.

## SUPROTSTAVLJENE STRANE

"Potražite hranu i vodu. Planina je samo korak u procesu vašeg duhovnog usavršavanja. Još uvijek nisi spreman. Moram vas podsjetiti da ne dijelim darove. Nemam snage to učiniti. Ja sam samo strelica koja označava put. Špilja je ona koja ispunjava vaše želje. Zovu je špiljom očaja koju su tražili oni čiji su snovi od tada postali nemogući.

"Pokušat ću. Nemam više što izgubiti. Špilja je moja posljednja nada za uspjeh.

Rekavši ovo, ustajem i započinjem prvi izazov. Žena je nestala poput dima.

### Prvi izazov

Na prvi pogled vidim da je preda mnom utabana staza. Počinjem hodati po njemu. Umjesto šipražja punog trnja najbolje bi bilo slijediti trag. Kamenje s kojeg me pomeću koraci čini mi se da mi nešto govori. Može li biti da sam na pravom putu? Razmišljam o svemu onome što sam ostavio u potrazi za svojim snom: dom, hranu, čistu odjeću i knjige iz matematike. Isplati li se ovo stvarno? Mislim da ću saznati. (Vrijeme će reći). Čini mi se da mi neobična žena nije sve rekla. Što sam više hodao, to sam manje nalazio. Čini se da vrh sada nije bio toliko opsežan kad sam stigao. Svjetlo ... vidim svjetlo ispred sebe. Moram tamo. Dolazim do prostrane čistine na kojoj sunčeve zrake jasno odražavaju izgled planine. Staza dolazi do svog kraja i ponovno se rađa na dva različita puta. Što da radim? Šetam satima i čini mi se da mi je snaga iscrpljena. Sjednem trenutak da se odmorim. Dva puta i dva izbora. Koliko puta smo u životu suočeni sa situacijama poput ove; Poduzetnik koji mora birati između opstanka tvrtke ili prestanka rada nekih zaposlenika; Jadna majka zaleđa u sjeveroistočnom dijelu Brazila, koja mora odabrati koje će svoje dijete hraniti; Nevjerni muž koji mora birati između svoje žene i svoje ljubavnice; Svejedno, u životu postoji mnogo različitih situacija. Moja je prednost što će moj izbor utjecati samo na mene samog. Moram slijediti svoju intuiciju kako je žena preporučila.

Ustanem i odaberem put s desne strane. Napravio sam velike korake na ovom putu i ne treba mi dugo da vidim još jednu čistinu. Ovoga puta susrećem lokvu s vodom i neke životinje oko nje. Hlade se u bistroj i prozirnoj vodi. Kako da nastavim? Napokon sam pronašao vodu, ali ona je puna životinja. Posavjetujem se sa svojim srcem i ono mi govori da svatko ima pravo na vodu. Nisam ih mogao jednostavno pucati i oduzeti im to. Priroda daje obilje resursa za opstanak svojih ljudi. Ja sam samo jedno od područja na mreži koje tka. Nisam superiorniji do te mjere da se smatram svojim gospodarom. Rukama posežem u vodu i ulijem je u mali lonac koji sam donijela od kuće. Prvi dio izazova je ispunjen. Sad moram naći hranu.

Nastavljam hodati, stazom, nadajući se da ću naći nešto za jelo. Želudac mi zareži kad je već prošlo podne. Počinjem gledati sa strane staze. Možda je hrana u šumi. Koliko često tražimo najlakši put, ali on nije taj koji vodi do uspjeha? (Nije svaki penjač koji slijedi stazu prvi na vrhu planine). Prečaci vas brzo vode do cilja. S ovom mišlju napuštam trag i nedugo zatim pronalazim bananu i kokosovo drvo. Od njih ću dobiti hranu. Moram se popeti na njih istom snagom i vjerom od kojih sam se popeo na planinu. Pokušavam jedan, dva, tri puta. Uspijevam. Sad ću se vratiti u kolibu jer sam završio prvi izazov.

## *Drugi izazov*

Stigavši do moje kolibe, pronalazim čuvara planine koji djeluje sjajnije nego ikad. Njezine oči nikad ne odstupaju od mojih. Mislim da sam vrlo posebna za Boga. U svakom trenutku osjećam njegovu prisutnost. Uskrsne me u svakom pogledu. Kad sam bio nezaposlen, otvorio je vrata; kad nisam imao mogućnosti za profesionalni rast, dao mi je nove putove; kad me u kriznim vremenima oslobodio vražje veze. Svejedno, taj pogled odobravanja čudne žene podsjetio me na muškarca s kojim sam se nedavno bavio. Moj trenutni cilj bio je pobijediti bez obzira na prepreke koje sam morao prevladati.

## SUPROTSTAVLJENE STRANE

"Pa, osvojili ste prvi izazov. Čestitam ti. (Uskliknula je žena). Prvi izazov imao je za cilj istražiti vašu mudrost i vašu sposobnost donošenja odluka i dijeljenja. Dva puta predstavljaju "Suprotstavljene strane" koje vladaju svemirom (dobro i zlo). Ljudsko je biće potpuno slobodno odabrati bilo koji put. Ako netko odabere put s desne strane, bit će osvijetljen uz pomoć anđela u svim trenucima svog života. To je bio put koji ste odabrali. Međutim, to nije lak put. Sumnje će vas često napasti i zapitat ćete se je li taj put uopće vrijedio. Ljudi na svijetu uvijek će biti povrijeđeni i iskoristiti vašu dobru volju. Štoviše, povjerenje koje dajete drugima gotovo će vas uvijek razočarati. Kad se uznemirite, upamtite: vaš je Bog jak i nikada vas neće napustiti. Nikada ne dopustite da vam bogatstvo ili požuda izopače srce. Posebni ste i zbog vaše vas vrijednosti Bog smatra svojim sinom. Nikad ne padajte od ove milosti. Put s lijeve strane pripada svima koji su se pobunili na Gospodnji poziv. Svi smo rođeni s božanskom misijom. Međutim, neki odstupaju od toga materijalizmom, lošim utjecajima, oštećenjem srca. Oni koji odaberu put s lijeve strane nemaju na kraju ugodnu budućnost, poučio nas je Isus. Svako drvo koje ne daje dobar plod bit će iskorijenjeno i bačeno u vanjsku tamu. Ovo je sudbina loših ljudi jer je Gospodin pošten. Taj put kad ste pronašli vodenu rupu i te jadne životinje, vaše je srce govorilo glasnije. Slušajte ga uvijek i daleko ćete otići. U tom vam je trenutku zasjao dar dijeljenja i vaš je duhovni rast bio iznenađujući. Mudrost koja vam je pomogla da pronađete hranu. Najlakši put nije uvijek onaj pravi koji treba slijediti. Mislim da ste sada spremni za drugi izazov. Za tri dana izaći ćete iz svoje kolibe i tražiti činjenice. Ponašajte se po svojoj savjesti. Ako prođete, prijeći ćete na treći i posljednji izazov.

"Hvala vam što ste me pratili cijelo ovo vrijeme. Ne znam što me čeka u špilji niti znam što će mi se dogoditi. Vaš mi je doprinos vrlo važan. Otkad sam se popeo na planinu, osjećam da se moj život promijenio. Mirniji sam i sigurniji u ono što želim. Završit ću drugi izazov.

"Vrlo dobro. Vidimo se za tri dana.

Rekavši to, gospođa je još jednom nestala. Ostavila me je samu u večernjoj tišini zajedno s cvrčcima, komarcima i ostalim kukcima.

## Duh planine

Noć pada preko planine. Zapalim vatru i njezino pucketanje smiruje moje srce. Prošla su dva dana otkako sam se popeo na planinu i još uvijek mi se čini kao takav stranac. Moje misli lutaju i slijeću u djetinjstvo: Šale, strahovi, tragedije. Dobro se sjećam dana kada sam se odjenuo u Indijanca: Lukom, strijelom i sjekirom. Sad sam bio na planini koja je bila sveta, upravo zbog smrti tajanstvenog autohtonog čovjeka (Medicinskog čovjeka iz plemena). Moram smisliti nešto drugo jer mi strah ledi dušu. Zaglušujući zvukovi okružuju moju kolibu i nemam pojma što su i tko su. Kako netko svlada svoj strah u ovakvoj prilici? Odgovori mi čitatelju jer ne znam. Planina mi je još uvijek nepoznata.

Buka se sve više približava i nemam kamo pobjeći. Napuštanje kolibe bilo bi glupo jer bi me mogle progutati divlje zvijeri. Morat ću se suočiti sa svim što je to. Buka prestaje i pojavljuje se svjetlo. To me još više plaši. Uz nalet hrabrosti, uzvikujem:

" U ime Boga, tko je tamo?"

Glas koji sliči na tihi zvuk odgovara:

"Ja sam hrabri ratnik kojeg je špilja očaja uništila. Odustanite od svog sna ili ćete i vi imati istu sudbinu. Bio sam mali autohtoni čovjek iz sela u sastavu nacije Xukuru. Težio sam biti glavnim poglavarom svog plemena i biti jači od lava. Dakle, pogledao sam prema svetoj planini kako bih ostvario svoje ciljeve. Pobijedio sam u tri izazova koja mi je nametnuo čuvar planine. Međutim, pri ulasku u špilju progutala me njegova vatra koja mi je srušila srce i ciljeve. Danas moj duh pati i beznadno je zapeo za ovu planinu. Slušajte me ili ćete i vi imati istu sudbinu.

Glas mi se zaledio u grlu i na trenutak nisam mogao odgovoriti izmučenom duhu. Ostavio je zaklon, hranu, toplo obiteljsko okruženje. U špilji su mi ostala dva izazova, špilja koja bi nemoguće mogla ostvariti. Ne bih se lako odrekao svog sna.

"Slušaj me, hrabri ratniče. Špilja ne čini sitna čuda. Ako sam ovdje, to je iz plemenitog razloga. Ne predviđam materijalna dobra. Moj san nadilazi to. Volio bih se razvijati profesionalno i duhovno. Ukratko, želim raditi radeći ono u čemu uživam, odgovorno zaraditi novac i svojim talentom doprinijeti boljem svemiru. Ne odustajem tako lako od svog sna.

Duh je odgovorio:

" Znate špilju i njezine zamke? Vi ste samo siromašni mladić koji nije svjestan krajnje opasnosti na putu koji slijedi. Skrbnik je šarlatan koji vas zavara. Ona te želi upropastiti.

Živciralo me inzistiranje duha. Je li me slučajno poznavao? Bog u svojoj milosti ne dopušta moj neuspjeh. Bog i Djevica Marija uvijek su bili uz mene učinkovito. Dokaz tome bila su razna ukazanja Djevice tijekom mog života. U "Viziji medija" (knjizi koju još nisam objavio) opisana je scena u kojoj sjedim na klupi na trgu, ptice i vjetar me uznemiruju, a ja sam u dubokom razmišljanju o svijetu i životu općenito. Odjednom se pojavio lik žene koja je, vidjevši me, upitala:

"Vjeruješ li u Boga, sine moj?

Odmah sam odgovorio:

" Svakako, i svim svojim bićem.

Odmah je stavila ruku na moju glavu i molila se:

"Neka vas Bog slave pokrije svjetlošću i udijeli vam mnogo darova.

Rekavši to, ona je otišla, a kad sam to shvatio, više nije bila uz mene. Jednostavno je nestala.

Bilo je to prvo ukazanje Djevice u mom životu. Opet se, maskirajući se u prosjaka, prišla mi je tražeći promjenu. Rekla je da je poljoprivrednica i da još nije u mirovini. Spremno sam joj dao nekoliko novčića koje sam imao u džepu. Po primanju novca zahvalila mi je i kad sam to shvatila, nestala je. Na planini, u tom trenutku, nisam ni najmanje sumnjao da me Bog voli i da je uz mene. Stoga sam duhu odgovorio određenom grubošću.

"Neću poslušati vaš savjet. Znam svoje granice i svoju vjeru. Odlazi! Idi progoniti kuću ili nešto slično. Pusti me na miru!

Svjetla su se ugasila i začuo sam šum koraka koji su napuštali kolibu. Bila sam oslobođena duha.

## Odlučujući dan

Prošla su tri dana od drugog izazova. Bio je petak u jutro, vedro, sunčano i vedro. Zamišljala sam horizont jutros kad se neobična žena približila.

"Jesi li spreman? Potražite neobičan događaj u šumi i ponašajte se prema svojim načelima. Ovo je vaš drugi test.

" U redu, tri dana čekam ovaj trenutak. Mislim da sam pripremljen.

Užurbano krećem prema najbližoj stazi koja pruža pristup šumi. Moji koraci slijedili su u gotovo glazbenoj kadenci. Što je zapravo bio ovaj drugi izazov? Tjeskoba me obuzela i koraci su mi se ubrzali u potrazi za nepoznatim ciljem. Točno ispred pojavila se čistina u stazi gdje se razilazila i razdvajala. Ali kad sam stigao tamo, na moje iznenađenje, bifurkacija je nestala i umjesto toga gledao sam sljedeću scenu: dječak, kojeg je odrasla osoba vukla, glasno je plakao. Emocije su preuzele kontrolu nad mnom u prisutnosti nepravde i zato sam uzviknula:

"Pusti dječaka! Manji je od vas i ne može se braniti.

"Neću! Ja se prema njemu ponašam na taj način jer ne želi raditi.

"Ti čudovište! Mali dječaci ne bi trebali raditi. Trebali bi učiti i biti dobro obrazovani. Pusti ga!

" Tko će me natjerati, ti?

Potpuno sam protiv nasilja, ali u ovom trenutku srce me zamolilo da reagiram prije ovog komada smeća. Dijete treba pustiti.

Nježno sam odgurnuo dječaka od zvijeri, a zatim počeo udarati muškarca. Gad je reagirao i zadao mi nekoliko udaraca. Jedan od njih udario me u prazno. Svijet se okrenuo i snažan, prodoran vjetar napao je cijelo moje biće: Bijeli i plavi oblaci zajedno s brzim pticama napali su moj um. U trenutku mi se učinilo kao da mi cijelo tijelo pluta nebom. Iz daljine me pozvao slabašan glas. U drugom trenutku kao da prolazim kroz vrata, jedno za drugim kao prepreke. Vrata su bila dobro zaključana i bio je potreban znatan napor da ih se otvori. Svaka su vrata naizmjenično omogućavala pristup salonima ili svetištima. U prvom sam salonu zatekao mlade ljude odjevene u bijelo, okupljene oko stola, na kojem je u središtu bila otvorena biblija. To su bile djevice odabrane

## SUPROTSTAVLJENE STRANE

za vladanje u budućem svijetu. Sila me izbacila iz sobe i kad sam otvorila druga vrata, završila sam u prvom svetištu. Na oltaru su se palio tamjanom palice sa zahtjevima siromašnih Brazilaca. S desne strane svećenik se glasno molio i odjednom počeo ponavljati: Vidjelica! Vidjelica! Vidjelica! Pokraj njega bile su dvije žene u bijelim košuljama. Na njima je bilo napisano: Mogući san. Sve je počelo potamniti, a kad sam se snašao, Povukli su me silovito i takvom brzinom da mi se malo zavrtjelo u glavi. Otvorio sam treća vrata i ovaj put pronašao susret ljudi: pastora, svećenika, budista, muslimana, duhovnika, Židova i predstavnika afričkih religija. Bili su poredani u krug, a u središtu je bila vatra, a plamen joj je ocrtavao naziv "Zajednica naroda i putovi do Boga". Na kraju su me prigrlili i pozvali u grupu. Vatra se pomaknula iz središta, spustila se na moju ruku i nacrtala riječ "naukovanje". Vatra je bila čista svjetlost i nije gorjela. Skupina se raspala, vatra se ugasila i opet sam izbačen iz prostorije u kojoj sam otvorio četvrta vrata. Drugo je svetište bilo potpuno prazno i prišao sam oltaru. Kleknuo sam s poštovanjem prema Presvetom Sakramentu, uzeo papir koji je bio na podu i napisao sam svoj zahtjev. Presavio sam papir i stavio ga u noge slike. Glas koji je bio daleko postupno je postajao sve jasniji i oštriji. Napustio sam svetište, otvorio vrata i napokon se probudio. Uz mene je bio čuvar planine.

" Dakle, budni ste. Čestitamo! Pobijedio si u izazovu. Drugi izazov imao je za cilj istražiti vašu sposobnost sebe i djelovanja. Dvije staze koje su predstavljale "Suprotne strane" postale su jedno, a to znači da morate putovati desnom stranom ne zaboravljajući znanje koje ćete imati pri susretu s lijevom. Vaš stav spasio je dijete unatoč činjenici da mu nije bilo potrebno. Cijela ta scena bila je moja vlastita mentalna projekcija da bih te procijenio. Zauzeli ste ispravan pristup. Većina ljudi suočena s prizorima nepravde radije se ne miješa. Propust je ozbiljan grijeh i osoba postaje suučesnik počinitelja. Dao si od sebe, kao što je Isus Krist učinio za nas. Ovo je lekcija koju ćete ponijeti sa sobom cijeli život.

"Hvala vam što ste mi čestitali. Uvijek bih se ponašao u korist onih koji su isključeni. Ono što me zbunjuje jest duhovno iskustvo koje sam imao ranije. Što to znači? Možete li mi objasniti, molim vas?

"Svi imamo sposobnost prodiranja u druge svjetove kroz misao. To se naziva astralnim putovanjima. Postoje neki stručnjaci u vezi s tim pitanjem. To što ste vidjeli mora biti vezano za budućnost vaše ili druge osobe, nikad se ne zna.

"Razumijem. Popeo sam se na planinu, ispunio prva dva izazova i sigurno rastem duhovno. Mislim da ću uskoro biti spreman suočiti se s pećinom očaja. Špilja koja čini čuda i čini snove dubljima.

"Morate izvesti treći, a sutra ću vam reći što je to. Pričekajte upute.

" Da, generale. Zabrinuto ću čekati. Ovo Božje Dijete, kako ste me nazvali, jako je gladno i pripremit će juhu za kasnije. Pozvani ste, gospođo.

"Divno. Volim juhu. Iskoristit ću ovo u svoju korist da vas bolje upoznam.

Čudna gospođa je otišla i ostavila me samog s mojim mislima. Otišao sam potražiti sastojke za juhu u šumi.

Mlada djevojka

Planina se već smračila kad je juha bila gotova. Hladni noćni vjetar i Zvuk insekata čine okoliš sve ruralnijim. Čudna dama još nije došla u kolibu. Nadam se da ću sve stići do njenog dolaska. Kušam juhu: Stvarno je bila dobra, iako nisam imala sve potrebne začine. Izlazim malo iz kolibe i zamišljam nebesa: Zvijezde su svjedoci mojih napora. Popeo sam se na planinu, pronašao njenog čuvara, ispunio dva izazova (jedan teži od drugog), susreo duha i još uvijek stojim. "Siromašni više teže svojim snovima." Gledam raspored zvijezda i njihov sjaj. Svaka ima svoju važnost u velikom svemiru u kojem živimo. Ljudi su također važni na isti način. Oni su bijeli, crni, bogati, siromašni, vjere A ili religije B ili bilo kojeg sustava vjerovanja. Sva su djeca s istim ocem. Također želim zauzeti svoje mjesto u ovom svemiru. Ja sam misaono biće bez ograničenja. Mislim da je san neprocjenjiv, ali voljan sam ga platiti kako bih ušao u špilju očaja. Još jednom razmišljam o nebesima, a zatim se vraćam u kolibu. Nisam se iznenadio kad sam tamo našao skrbnika.

"Jesi li bio dugo ovdje? Nisam shvatio.

"Ti si bio toliko koncentriran u promišljanju nebesa da nisam htio prekinuti čaroliju trenutka. Uz to se osjećam kao kod kuće.

"Vrlo dobro. Sjednite na ovu improviziranu klupu koju sam napravio. Poslužit ću juhu.

S još vrućom juhom poslužio sam neobičnu damu u tikvi koju sam zatekao u šumi. Vjetar koji je šibao u noći milovao mi je lice i šaptao riječi na uho. Tko je bila ta čudna dama kojoj sam služio? Pitam se je li me stvarno htjela uništiti kako je duh natuknuo. Mnogo sam sumnjao u nju i ovo je bila izvrsna prilika da ih razjasnimo.

"Je li juha dobra? Pripremila sam ga s velikom pažnjom.

"Predivno je! Što ste koristili za njegovu pripremu?

"Napravljen je od kamenja. Samo se šalim! Kupio sam pticu od lovca i koristio neke prirodne začine iz šume. Ali, mijenjajući temu, tko ste vi zapravo?

"Pokazuje dobru gostoljubivost da domaćin prvo govori o sebi. Prošla su četiri dana otkako ste stigli ovdje na vrh planine, a nisam ni siguran kako se zovete.

"Vrlo dobro. Ali to je duga priča. Pripremi se. Zovem se Aldivan Teixeira Tôrres i predajem matematiku na fakultetu. Moje dvije velike strasti su književnost i matematika. Oduvijek sam zaljubljenik u knjige i od malih nogu želim napisati jednu svoju. Kad sam bio na prvoj godini srednje škole, prikupio sam nekoliko odlomaka iz knjiga Propovjednika, mudrosti i poslovica. Bila sam jako sretna unatoč tome što tekstovi nisu moji. Pokazao sam svima, s velikim ponosom. Završio sam srednju školu, pohađao tečaj računara i na neko vrijeme prestao učiti. Nakon toga isprobao sam tehnički tečaj na lokalnom fakultetu. Međutim, shvatio sam da to nije moje polje po znaku sudbine. Bio sam pripremljen za praksu u ovom području. Međutim, dan prije testa neobična sila neprekidno je zahtijevala da odustanem. Što je više vremena prolazilo, to sam silu osjećao veći pritisak dok nisam odlučio ne polagati test. Pritisak je popustio, a i moje se srce smirilo. Mislim da me sudbina natjerala da ne idem. Moramo poštivati vlastite granice. Raspisao sam brojne natječaje, odobren sam i trenutno imam ulogu administrativnog pomoćnika u obrazovanju. Prije tri godine dobio sam još jedan znak sudbine. Imao sam nekih problema i na kraju sam imao slom živaca. Tada sam počeo pisati i u kratkom vremenu to mi je pomoglo da se popravim. Rezultat je bila knjiga "Vizija medija" koju još nisam objavio. Sve mi je to pokazalo da sam mogao pisati i imati dostojanstveno zanimanje. To je ono što mislim: želim raditi radeći ono što volim i Želim biti sretan. Je li to previše za siromašnu osobu da pita?

"Naravno da nije, Aldivan. Imate talenta i to je rijetkost na ovom svijetu. U pravo vrijeme ćete uspjeti. Pobjednički su oni koji vjeruju u svoje snove.

"Vjerujem. Zato sam ovdje usred ničega gdje civilizacijska roba još nije stigla. Pronašao sam način da se popnem na planinu, da prebrodim izazove. Sada je preostalo samo da uđem u špilju i ostvarim svoje snove.

" Ovdje sam da vam pomognem. Čuvar sam planine otkad je postala sveta. Moja misija je pomoći svim sanjarima koji traže špilju očaja. Neki teže ostvarenju materijalnih snova poput novca, moći, društvene razmetljivosti ili drugih sebičnih snova. Svi su do sada propali, a nije ih bilo malo. Špilja je poštena s ispunjavanjem želja.

Razgovor se neko vrijeme nastavio u živoj maniri. Postepeno sam gubio zanimanje za to dok me neobičan glas zvao iz kolibe. Svaki put kad me ovaj glas nazvao, osjećao sam se prisiljen otići iz znatiželje. Moram ići. Htjela sam znati što znači taj neobični glas u mojim mislima. Nježno sam se oprostio od žene i krenuo u smjeru naznačenom glasom. Što me čeka? Nastavimo zajedno, čitatelju.

Noć je bila hladna i uporan glas ostao mi je u mislima. Između nas je postojala neka čudna veza. Već sam koračao nekoliko metara izvan kolibe, ali činilo se da je kilometrima umor koji osjeća moje tijelo. Upute koje sam mentalno dobivao vodile su me u tami. Mene je kontrolirala mješavina umora, straha od nepoznatog i znatiželje. Čiji je ovo bio čudan glas? Što je htjela sa mnom? Planina i njene tajne ... Otkad sam planinu upoznao, naučio sam je poštivati. Čuvar i njezine tajne, izazovi s kojima sam se morao suočiti, susret s duhom; sve je postalo posebno. Nije bio najviši na sjeveroistoku ili čak najimpresivniji, ali bio

## SUPROTSTAVLJENE STRANE

je svet. Mitovi o liječniku i moji snovi doveli su me do toga. Želim pobijediti u svim izazovima, ući u špilju i postaviti svoj zahtjev. Bit ću promijenjeni čovjek. Neću više biti samo ja, već ću biti čovjek koji je nadvladao špilju i njezinu vatru. Dobro se sjećam riječi skrbnika, da ne vjerujem previše. Sjećam se Isusovih riječi koje su rekle:

"" Tko vjeruje u mene, imat će vječni život.

Uključeni rizici neće me natjerati da odustanem od svojih snova. S tom sam mišlju sve vjerniji. Glas postaje sve jači. Mislim da stižem na odredište. Odmah ispred vidim kolibu. Glas mi govori da idem tamo.

Koliba i njezin osvijetljeni krijes nalaze se na prostranom, ravnom mjestu. Mlada, visoka, mršava djevojka s tamnom kosom priprema grickalice na vatri.

" Dakle, stigli ste. Znao sam da ćete se odazvati mom pozivu.

"Tko si ti? Što želiš od mene?

"Ja sam još jedan sanjar koji želi ući u špilju.

"Koje posebne moći moraš da me zazivaš svojim umom?

"To je telepatija, glupane. Niste li upoznati s tim?

"Čula sam za to. Možete li me naučiti?

" Naučit ćeš jednog dana, ali ne od mene. Reci mi što te san dovodi ovamo?

" Prije svega, zovem se Aldivan. Popeo sam se na planinu u nadi da ću pronaći svoje suprotstavljene strane. Oni će definirati moju sudbinu. Kad netko uspije kontrolirati svoje suprotstavljene strane, moći će činiti čuda. To je ono što trebam da bih ostvario svoj san o radu u području u kojem uživam i s čime ću mnoge duše sanjati. Želim ući u špilju ne samo zbog sebe već i zbog cijelog svemira koji mi je pružio ove darove. Imat ću svoje mjesto na svijetu i tako ću biti sretan.

"Zovem se Nadja. Ja sam stanovnik obale brazilski. U svojoj sam zemlji čuo govor o ovoj čudesnoj planini i njezinoj pećini. Odmah sam bio zainteresiran za putovanje ovdje, iako sam mislio da je sve samo legenda. Skupio sam svoje stvari, otišao, stigao u Mimoso i popeo se na planinu. Pogodio sam jackpot. Sad kad sam ovdje, ući ću u špilju i ispunit ću svoju želju. Bit ću velika Božica, ukrašena snagom i bogatstvom. Svi će me služiti. San ti je jednostavno glup. Zašto tražiti malo ako možemo imati svijet?

" Varate se. Špilja ne čini sitna čuda. Nećeš uspjeti. Skrbnik vam neće dopustiti ulazak. Da biste ušli u špilju, morate pobijediti u tri izazova. Već sam osvojio dvije etape. Koliko ste ih osvojili?

"Kako glupi, izazovi i čuvari. Špilja poštuje samo najjače i najsigurnije. Sutra ću ostvariti svoje želje i nitko me neće zaustaviti, čuješ?

"Ti najbolje znaš. Kad požalite, bit će prekasno. Pa, pretpostavljam da idem. Trebam malo odmora jer je kasno. Što se tebe tiče, ne mogu ti poželjeti sreću u špilji jer želiš biti veći od samog Boga. Kad ljudi dođu do ove točke, uništavaju se.

"Gluposti, sve ste riječi. Ništa me neće natjerati da se vratim svojoj odluci.

Vidjevši da je nepopustljiva odustao sam, sažalijevajući je. Kako ljudi ponekad mogu postati tako sitničavi? Ljudsko biće vrijedno je samo kad se bori za pravedne i ideali socijalne pravde. Šetajući stazom prisjetio sam se vremena kad mi je učinjena nepravda bilo zbog loše označenog pregleda ili čak zbog zanemarivanja drugih. To me čini nesretnom. Povrh svega, moja je obitelj potpuno protiv mog sna i ne vjeruje u mene. To boli. Jednog dana vidjet će razum i vidjeti da snovi mogu biti mogući. Tog dana, nakon što sve bude rečeno i učinjeno, zapjevat ću svoju pobjedu i proslaviti Stvoritelja. Dao mi je sve i samo je tražio da podijelim svoje darove jer, kako kaže Biblija, ne palite svjetiljku i ne stavljajte je ispod stola. Radije ga stavite na vrh da svi plješću i budu prosvijetljeni. Staza se prekida i odmah vidim kolibu koja me toliko koštala znoja da bih je sagradio. Moram na spavanje, jer sutra je drugi dan i imam planove za sebe i za svijet. Laku noć čitatelji. Do sljedećeg poglavlja ...

## *Trema*

Počinje novi dan. Pojavljuje se svjetlost, jutarnji povjetarac miluje moju kosu, ptice i insekti slave, a vegetacija kao da se ponovno rodila.

To se događa svaki dan. Protrljam oči, operem lice, operem zube i okupam se. Ovo je moja rutina prije doručka. Šuma ne nudi ni prednosti ni mogućnosti. Nisam navikao na ovo. Majka me razmazila do te mjere da mi je poslužila kavu. Doručkujem u tišini, ali nešto me teži po glavi. Koji će biti treći i posljednji izazov? Što će se dogoditi sa mnom u špilji? Toliko je pitanja bez odgovora da mi se zavrti u glavi. Jutro napreduje, a s njim i moje lupanje srca, strahovi i jeza. Tko sam ja bio sada? Svakako nije isto. Popeo sam se na svetu planinu tražeći sudbinu za koju nisam znao ni ja. Pronašao sam čuvara i otkrio nove vrijednosti i svijet veći nego što sam ikad zamišljao da postoji. Pobijedio sam u dva izazova, a sada sam se morao suočiti samo s trećim. Hladan treći izazov koji je bio dalek i nepoznat. Lišće se oko kolibe sve malo pomiče. Naučio sam razumjeti prirodu i njene signale. Netko se približava.

"Zdravo! Jesi li tu?

Skočio sam, promijenio smjer pogleda i razmišljao o tajanstvenom liku čuvara. Djeluje sretnije i čak ružičasto unatoč očitoj dobi.

"Tu sam, kao što vidite. Kakve ste vijesti donijeli za mene?

"Kao što znate, danas dolazim najaviti vaš treći i posljednji izazov. Održat će se sedmi dan ovdje na planini, jer je to maksimalno vrijeme da smrtnik može ostati ovdje. Jednostavno je i sastoji se od sljedećeg: Ubijte prvog čovjeka ili zvijer s kojom se susretnete napuštanjem kolibe istog dana. Inače nećete imati pravo ući u špilju koja vam ispunjava vaše najdublje želje. Što kažeš? Nije li to lako?

"Kako to? Ubiti? Izgledam li kao atentator?

"To je jedini način da uđete u špilju. Pripremite se, jer postoje samo dva dana i ...

Potres magnitude 3,7 po Richteru potresao je cijeli vrh planine. Trema me vrti u glavi i mislim da ću se onesvijestiti. Sve više mi misli pada na pamet. Osjećam kako mi se snaga troši i osjećam lisice koje prisilno učvršćuju moje ruke i stopala. U trenutku vidim sebe kao roba koji radi na poljima u kojima dominiraju gospodari. Vidim okove, krv i čujem vapaje svojih suputnika. Vidim bogatstvo, ponos i izdaju pukovnika. Također vidim vapaj slobode i pravde za potlačene. Oh, kako je svijet nepravedan! Dok jedni pobjeđuju, drugi su prepušteni truljenju, zaboravljeni. Lisice se lome. Djelomično sam slobodan. I dalje sam diskriminiran, omražen i nepravedan. Još uvijek vidim zlo bijelaca koji me zovu "crnja". I dalje se osjećam inferiorno. Opet čujem povike galame, ali sada je glas jasan, oštar i poznat. Drhtanje nestaje i malo po malo dolazim k svijesti. Netko me podiže. Još uvijek pomalo nejasan, uzvikujem:

"Što se dogodilo?

Čuvar, u suzama, čini se da ne može pronaći odgovor.

" Sine moj, špilja je upravo uništila još jednu dušu. Molimo vas da osvojite treći izazov i porazite ovo prokletstvo. Svemir se urotio za vašu pobjedu.

"Ne znam kako pobijediti. Samo tvorčevo svjetlo može osvijetliti moje misli i moje postupke. Jamčim: Neću odustati lako od svojih snova.

"Uzdam se u vas i u obrazovanje koje ste stekli. Sretno, Božje dijete! Vidimo se uskoro!

Rekavši to, neobična je gospođa otišla i bila otopljena u dimu dima. Sad sam bio sam i trebao sam se pripremiti za posljednji izazov.

## *Jedan dan prije posljednjeg izazova*

Prošlo je šest dana otkako sam se popeo na planinu. Cijelo ovo vrijeme izazova i iskustava učinilo je da puno rastem. Mogu lakše razumjeti prirodu, sebe i druge. Priroda korača svojim ritmom i suprotstavlja se pretenzijama ljudi. Krčimo šume, zagađujemo vode i ispuštamo plinove u atmosferu. Što imamo od toga? Što nam je doista važno, novac ili vlastito preživljavanje? Posljedice su tu: Globalno zatopljenje, smanjenje flore i faune, prirodne katastrofe. Zar čovjek ne vidi da je za to sve kriv? Ima još vremena. Ima vremena za život. Učinite svoj dio: Uštedite vodu i energiju, reciklirajte otpad, ne zagađujte okoliš. Zatražite da se vaša vlada obveže na pitanja zaštite okoliša. To je najmanje što možemo učiniti za sebe i za svijet. Vraćajući se svojoj pustolovini, kad sam se popeo na planinu, bolje sam razumio svoje želje i svoja ograničenja. Shvatio sam da su snovi mogući samo ako su plemeniti i pravedni. Špilja je poštena i ako pobijedim u trećem izazovu, ostvarit će moj san. Kad sam pobijedio u prvom i drugom izazovu, bolje sam razumio želje drugih. Većina ljudi sanja o bogatstvu, socijalnom prestižu i visokoj razini zapovijedanja. Oni više ne vide što je najbolje u životu: profesionalni uspjeh, ljubav i sreća. Ono što ljudsko biće čini doista posebnim jesu njegove osobine koje blistaju kroz njegov rad. Moć, bogatstvo i društvena razmatanost nikoga ne čine sretnim. To je ono što tražim u svetoj planini: sreća i ukupna domena "suprotstavljenih sila". Moram malo izaći. Korak po korak, noge me vode izvan kolibe koju sam sagradio. Nadam se znaku sudbine.

Sunce se zagrijava, vjetar jača i ne pojavljuje se nikakav znak. Kako ću pobijediti u trećem izazovu? Kako ću živjeti s neuspjehom ako nisam u stanju ostvariti svoj san? Pokušavam negativne misli izbaciti iz uma, ali strah je jači. Tko sam bio prije uspona na planinu? Mladić, potpuno nesiguran, plaši se suočiti sa svijetom i njegovim ljudima. Mladić koji se jednog dana borio na sudu za svoja prava, ali im ona nisu odobrena. Budućnost mi je pokazala da je to bilo najbolje. Ponekad pobjeđujemo gubitkom. Život me to naučio. Neke ptice vrište oko mene. Čini se da razumiju moju zabrinutost. Sutra će biti novi dan, sedmi na vrhu planine. Moja sudbina je ugrožena ovim trećim izazovom. Molite se čitatelji da mogu pobijediti.

## *Treći izazov*

Pojavljuje se novi dan. Temperatura je ugodna, a nebo je plavo u svoj svojoj neizmjernosti. Lijeno ustajem trljajući pospane oči. Stigao je veliki dan i spremna sam na njega. Prije svega moram pripremiti doručak. Sa sastojcima koje sam uspio pronaći dan ranije, neće biti tako rijetko. Pripremam tavu i počnem pržiti ukusna pileća jaja. Mast prska i gotovo mi udari u oko. Koliko puta u životu izgleda da nas drugi povrijede svojim tjeskobama. Jedem doručak, malo se odmorim i pripremim svoju strategiju. Čini se da je treći izazov sve samo ne lagan. Ubijanje za mene je nezamislivo. Pa, čak i tako, morat ću se suočiti s tim. S ovom rezolucijom počinjem hodati i uskoro izlazim iz kolibe. Treći izazov započinje ovdje i pripremam se za njega. Krećem prvom stazom i počinjem hodati. Stabla uz put staze široka su s dubokim korijenjem. Što zapravo tražim? Uspjeh, pobjeda i postignuća. Međutim, neću raditi ništa što se protivi mojim načelima. Moja reputacija ide prije slave, uspjeha i moći. Treći me izazov muči. Ubojstvo je za mene zločin čak i ako se radi samo o životinji. S druge strane, želim ući u špilju i iznijeti svoj zahtjev. To predstavlja dvije "suprotstavljene sile" ili "suprotne staze".

    Ostajem na tragu i molim se da ne nađem ništa. Tko zna, možda bi i treći izazov bio odbačen. Mislim da skrbnik ne bi bio toliko velikodušan. Pravila se moraju poštivati svi. Zastanem malo i ne mogu vjerovati prizoru koji vidim: jaguar i njegova tri mladunca, koji se brčkaju oko mene. To je to. Neću ubiti majku troje mladunaca. Nemam srca. Zbogom uspjeh, zbogom pećina očaja. Dosta snova. Nisam završio treći izazov i odlazim. Vratit ću se svojoj kući i svojim najmilijima. Užurbano se vraćam u kabinu da spakiram kofere. Ne dovršavam treći izazov.

    Kabina je srušena. Koji je smisao svega ovoga? Ruka me lagano dodirne ramenom. Osvrćem se unazad i vidim skrbnika.

    "Moje čestitke, draga! Ispunili ste izazov i sada imate pravo ući u špilju očaja. Pobijedio si!

    Snažni zagrljaj koji mi je ustupila tada me je još više zbunio. Što je ta žena govorila? Moj san i špilja bi se ipak mogli naći? Nisam vjerovao.

    "Što misliš? Nisam završio treći izazov. Pogledajte moje ruke: Čiste su. Neću umrljati svoje ime krvlju.

    "Zar ne znaš? Mislite li da bi dijete Božje bilo sposobno za takvo zlodjelo kao što sam tražio? Ne sumnjam da ste dovoljno vrijedni da ostvarite svoje snove, iako će možda trebati neko vrijeme dok oni ne postanu stvarnost. Treći izazov temeljito vas je procijenio i pokazali ste bezuvjetnu ljubav prema Božjim stvorenjima. To je najvažnije za čovjeka. Još nešto: Špilju će preživjeti samo čisto srce. Održavajte svoje srce i svoje misli čistima da biste ih prevladali.

"Hvala ti Bože! Hvala ti, živote, na ovoj prilici. Obećavam da vas neću razočarati.

Emocije su me uhvatile kao nikada prije nego što sam se popeo na planinu. Je li špilja doista bila sposobna činiti čuda? Htio sam saznati.

## *Špilja očaja*

Nakon pobjede u trećem izazovu bio sam spreman ući u strašnu špilju očaja, špilju koja ostvaruje nemoguće snove. Bio sam još jedan sanjar koji će okušati sreću. Otkad sam se popeo na planinu više nisam bio isti. Sad sam bila sigurna u sebe i u čudesni svemir koji me držao. Prethodni zagrljaj koji mi je dala neobična žena također me ostavio opušteniji. Sad je bila tu uz mene podržavajući me u svakom pogledu. Ovo je bila podrška koju nikada nisam dobio od svojih najmilijih. Moj nerazdvojni kovčeg je ispod ruke. Bilo je vrijeme da se oprostim od te planine i njenih misterija. Izazovi, čuvar, duh, mlada djevojka i sama planina koja se činila živom, svi su mi pomogli da rastem. Bio sam spreman otići i suočiti se sa strašnom špiljom. Čuvar je uz mene i pratit će me na ovom putu do ulaza u špilju. Odlazimo jer se sunce već spušta prema horizontu. Naši su planovi u potpunom skladu. Vegetacija oko staze kojom smo putovali i buka životinja čine okoliš vrlo ruralnim. Čini se da skrbnikova šutnja tijekom cijelog tečaja predviđa opasnosti koje špilja zatvara. Zastajemo malo. Glasovi planine kao da mi žele nešto reći. Koristim priliku da prekinem tišinu.

"Mogu li pitati nešto? Koji su to glasovi koji me toliko muče?

"Čujete glasove. Zanimljiv. Sveta planina ima čarobnu sposobnost da ponovo spoji sva srca koja sanjaju. U mogućnosti ste osjetiti te čarobne vibracije i protumačiti ih. Međutim, ne obraćajte puno pažnje na njih jer vas mogu dovesti do neuspjeha. Pokušajte se koncentrirati na vlastite misli i njihova će aktivnost biti manja. Budi oprezan. Špilja je u stanju otkriti vaše slabosti i upotrijebiti ih protiv vas.

"Obećavam da ću se brinuti o sebi. Ne znam što me čeka u špilji, ali vjerujem da će mi osvijetljeni duhovi pomoći. Ugrožena je moja sudbina, a donekle i sudbina ostatka svijeta.

" U redu, dovoljno smo se odmorili. Nastavimo šetati jer neće proći dugo do zalaska sunca. Špilja bi trebala biti udaljena oko četvrt milje odavde.

Tutnjava koraka se nastavlja. Četvrt milje dijelilo je moj san od njegova ostvarenja. Nalazimo se na zapadnoj strani vrha planine gdje su vjetrovi sve jači. Planina i njene misterije … Mislim da je nikada neću do kraja upoznati. Što me motiviralo da se popnem na njega? Obećanje da će nemoguće postati moguće i moji avanturistički i izviđački instinkti. U stvarnosti me ubijalo ono što je bilo moguće i svakodnevna rutina. Sad sam se osjećala živom i spremnom za prevladavanje izazova. Špilja se približava. Već vidim njegov ulaz. Djeluje impozantno, ali nisam obeshrabrena. Niz misli napadaju cijelo moje biće. Moram kontrolirati živce. Mogli bi me izdati na vrijeme. Skrbnik daje znak da se zaustavi. Pokoravam se.

"Ovo je najbliže što mogu doći do špilje. Slušajte dobro što ću reći, jer to neću ponoviti: Prije ulaska, molite Oče naš za vašeg anđela čuvara. Zaštitit će vas od opasnosti. Kad uđete, nastavite oprezno kako ne biste upali u zamke. Nakon što prođete glavnim šetalištem špilje, određeno vrijeme, naići ćete na tri mogućnosti: sreću, neuspjeh i strah. Odaberi sreću. Ako odaberete neuspjeh, ostat ćete siromašni luđak koji je sanjao. Ako odaberete strah, potpuno ćete se izgubiti. Sreća daje pristup još dvama meni nepoznatim scenarijima. Zapamtite: Špilju može preživjeti samo čisto srce. Budite mudri i ispunite svoj san.

"Razumijem. Stigao je trenutak koji sam čekao otkako sam se popeo na planinu. Hvala ti, skrbniče, na svom strpljenju i revnosti sa mnom. Nikad te neću zaboraviti ni trenutke koje smo proveli zajedno.

Muka me uhvatila za srce dok sam se opraštao od nje. Sad smo samo ja i špilja, dvoboj koji će promijeniti povijest svijeta, a također i moju vlastitu. Pogledam točno u nju i uzmem svjetiljku iz kofera da osvijetlim put. Spremna sam za ulazak. Noge mi se čine smrznute pred

# SUPROTSTAVLJENE STRANE

ovim divom. Moram skupiti snage da nastavim putem. Ja sam Brazilac i nikad, nikad ne odustajem. Poduzimam prve korake i imam blagi osjećaj da me netko prati. Mislim da sam vrlo posebna za Boga. Ponaša se prema meni kao da sam mu sin. Koraci mi se počinju ubrzati i napokon ulazim u špilju. Početna fascinacija je neodoljiva, ali moram biti oprezan zbog zamki. Vlaga zraka je velika, a hladnoća intenzivna. Stalaktiti i stalagmiti ispunjavaju se praktički svugdje oko mene. Prošao sam pedesetak metara i od jeza me počinje mučiti po cijelom tijelu. Počinje mi padati na pamet sve što sam prošao prije uspona na planinu: poniženja, nepravde i zavist drugih. Čini se da je svaki moj neprijatelj unutar te špilje i čeka najbolje vrijeme da me napadne. Spektakularnim skokom prevladavam prvu zamku. Vatra špilje gotovo me progutala. Nađa nije bila te sreće. Držeći se stalaktita sa stropa koji je čudom podnio moju težinu, uspio sam preživjeti. Moram sići i nastaviti put prema nepoznatom. Koraci mi se ubrzavaju, ali s oprezom. Većina ljudi se žuri, žuri se pobijediti ili ispuniti ciljeve. Fantastična okretnost upravo me spasila od druge zamke. Nebrojena koplja dignuta su prema meni. Jedan od njih prišao mi je toliko blizu da me počešao po licu. Špilja me želi uništiti. Od sada moram biti oprezniji. Prošao je otprilike jedan sat otkako sam ušao u špilju i još uvijek nisam došao do točke o kojoj je skrbnik govorio. Trebala bih biti blizu. Moji koraci se nastavljaju, ubrzani, a moje srce daje znak upozorenja. Ponekad ne obraćamo pažnju na znakove koje naše tijelo daje. Tada se događaju neuspjeh i razočaranje. Srećom, to kod mene nije slučaj. Čujem vrlo glasnu buku koja dolazi u mom smjeru. Počnem trčati. Za nekoliko trenutaka shvatim da me velikom brzinom progoni divovski kamen. Trčim neko vrijeme i naglim pokretom mogu pobjeći od stijene, pronalazeći zaklon sa strane špilje. Kad kamen prođe, prednji dio špilje se zatvara i tada se točno ispred tri vrata pojavljuju. Predstavljaju sreću, neuspjeh i strah. Ako se odlučim za neuspjeh, nikad neću biti ništa drugo doli jadni luđak koji je jednog dana sanjao postati književnikom. Ljudi će mi se smilovati. Ako odaberem strah, nikada neću rasti niti će me svijet znati.

Mogla bih dotaknuti dno i zauvijek se izgubiti. Ako odaberem sreću, nastavit ću sa svojim snom i prijeći ću u drugi scenarij.

Postoje tri mogućnosti: Vrata udesno, ulijevo i jedna u sredini. Svaka od njih predstavlja jednu od mogućnosti: sreću, neuspjeh ili strah. Moram napraviti pravi izbor. Vremenom sam naučio svladavati svoje strahove: strah od mraka, strah od samoće i strah od nepoznatog. Također, ne bojim se ni uspjeha ni budućnosti. Strah mora predstavljati vrata s desne strane. Neuspjeh je rezultat lošeg planiranja. Nekoliko puta sam propao, ali to me nije natjeralo da odustanem od svojih ciljeva. Neuspjeh bi trebao poslužiti kao lekcija za kasniju pobjedu. Neuspjeh mora predstavljati vrata s lijeve strane. Napokon, srednja vrata moraju predstavljati sreću jer se pravednici ne okreću ni udesno ni ulijevo. Pravednost je uvijek sretna. Skupim snagu i odaberem vrata u sredini. Otvarajući ga, imam dovoljno pristupa dnevnom boravku i na krovu, napisano je ime Sreća. U središtu je ključ koji omogućuje pristup drugim vratima. Zaista sam bila u pravu. Ispunio sam prvi korak. To mi ostavlja još dvije. Uzmem ključ i pokušam ga na vratima. Savršeno pristaje. Otvaram vrata. Daje mi pristup novoj galeriji. Počinjem ga spuštati. Mnoštvo misli mi preplavljuje um: Kakve će biti nove zamke s kojima se moram suočiti? Do kakvog će me scenarija dovesti ova galerija? Mnogo je pitanja bez odgovora. Nastavljam hodati i disanje mi se napreže jer je zraka sve manje. Već sam prešao deseti kilometar i moram ostati pažljiv. Čujem buku i padam na zemlju kako bih se zaštitio. To je buka malih šišmiša koji pucaju oko mene. Hoće li mi sisati krv? Jesu li mesojedi? Na moju sreću, oni nestaju u prostranstvima galerije. Vidim lice i tijelo mi drhti Je li to duh? Ne. To je meso i krv i napada me, spreman za borbu. To je jedna od svećeničkih borac u špilji. Borba započinje. Vrlo je brz i pokušava me udariti na presudnom mjestu. Pokušavam pobjeći od njegovih napada. Uzvraćam s nekim potezima koje sam naučio gledajući filmove. Strategija djeluje. To ga plaši i on se malo pomiče unatrag. Uzvraća udarac svojim borilačkim vještinama, ali spremna sam na to. Udario sam ga kamenom koji sam pokupio u pećini po glavi. Pada u nesvijest. Totalno sam nesklon nasilju, ali u ovom je slučaju to bilo strogo neophodno. Htio bih prijeći na drugi scenarij i otkriti tajne špilje. Opet počinjem hodati i ostajem pažljiv i štitim se od novih zamki. S niskom vlagom puše vjetar i postajem ugodniji. Osjećam struje pozitivnih misli koje je poslao Zaštitnik planina. Špilja još više potamni, pretvarajući se. Virtualni labirint pokazuje se ravno naprijed. Još jedna zamka špilje. Ulaz u labirint je savršeno vidljiv. Ali gdje je izlaz? Kako da uđem i da se ne izgubim? Imam samo jednu mogućnost: prijeći labirint i riskirati. Izgrađujem hrabrost i počinjem činiti prve korake prema ulazu u labirint. Molite se, čitatelju, da nađem izlaz. Nemam na umu nikakvu strategiju. Mislim da bih trebao iskoristiti svoje znanje da me izvučem iz ovog nereda. Hrabrošću i vjerom zalazim u labirint. Izgleda zbunjujuće iznutra nego izvana. Zidovi su joj široki i pretvaraju se u cik-cak. Počinjem se sjećati životnih trenutaka u kojima sam se našao izgubljen kao u labirintu. Smrt mog oca, tako mladog, bila je pravi udarac u mom životu. Vrijeme koje sam proveo nezaposlen i ne učeći također se osjećalo izgubljeno kao u labirintu. Sad sam bio u istoj situaciji. Nastavljam hodati i čini se da labirintu nema kraja. Jeste li se ikad osjećali očajno? Tako sam se osjećala, potpuno očajno. Zbog toga ima ime špilja očaja. Skupim posljednji djelić snage i ustanem. Moram pronaći izlaz pod svaku cijenu. Pogodi me zadnja ideja; Pogledam prema stropu i vidim mnogo šišmiša. Slijedit ću jednog od njih. Nazvat ću ga "čarobnjak". Čarobnjak bi mogao osvojiti labirint. Ovo je ono što mi treba. Šišmiš leti velikom brzinom i moram ga pratiti. Dobro je što sam fizički u formi, gotovo sportaš. Vidim svjetlost na kraju tunela, ili još bolje, na kraju labirinta. Spašen sam.

Kraj labirinta doveo me do neobičnog prizora u galeriji špilje. Soba od ogledala. Pažljivo hodam uokolo iz straha da ne bih nešto slomio. Vidim svoj odraz u zrcalu. Tko sam ja sada? Jadni mladi sanjar koji će otkriti svoju sudbinu. Izgledam posebno zabrinuto. Što sve ovo znači? Zidovi, strop, pod sve je sastavljeno od stakla. Dodirnem površinu zrcala. Materijal je tako krhak, ali vjerno odražava aspekt nečijeg ja. U trenu se u tri ogledala pojavljuju jasne slike, dijete, mlada osoba koja drži lijes i starac. Svi su ja. Je li to vizija? Stvarno imam dječje aspekte poput čistoće, nevinosti i vjere u ljude. Mislim da se ne želim riješiti tih osobina. Mladić od petnaest godina predstavlja bolnu fazu u mom životu: Gubitak oca. Unatoč svojim krutim i udaljenim načinima, on mi je bio otac. Još uvijek ga se sjećam s nostalgijom. Stariji muškarac predstavlja moju budućnost. Kako će biti? Hoću li biti uspješan? Oženjen, slobodan ili čak udovac? Ne želim biti odvratni ili povrijeđeni starac. Dosta s ovim slikama. Moja sadašnjost je sada. Ja sam mladić od dvadeset i šest godina, diplomirani matematičar, književnik. Više nisam dijete, niti petnaestogodišnjak koji je izgubio oca. Također nisam starac. Pred sobom imam svoju budućnost i želim biti sretan. Nisam nijedna od ove tri slike. Ja sam svoja. Udarom se slome tri zrcala u kojima su se pojavili pojedinci i pojave se vrata. To je moj ulazak u treći i posljednji scenarij.

    Otvaram vrata koja daju pristup novoj galeriji. Što me čeka u trećem scenariju? Zajedno nastavimo, čitatelju. Počinjem hodati i srce mi se ubrzava kao da sam još uvijek u prvoj sceni. Prevladao sam mnoge izazove i zamke i već se smatram pobjednikom. U mislima tražim sjećanja na prošlost kad sam se igrao u malim špiljama. Situacija je sada potpuno drugačija. Špilja je ogromna i puna zamki. Moja svjetiljka je skoro mrtva. Nastavljam hodati i ravno naprijed izlazi nova zamka: Dvoje vrata. "Protivničke snage" viču u meni. Potrebno je napraviti novi izbor. Jedan od izazova mi padne na pamet i sjećam se kako sam imao hrabrosti to prevladati. Izabrao sam put s desne strane. Situacija je ipak drugačija jer sam u mračnoj, vlažnoj špilji. Odlučio sam se, ali također se počinjem sjećati riječi skrbnika koji je govorio o učenju. Moram upoznati dvije sile kako bih imao potpunu kontrolu nad njima. Biram vrata s lijeve strane. Polako ga otvaram; bojeći se onoga što možda skriva. Dok ga otvaram, razmišljam o viziji: nalazim se u svetištu, ispunjenom slikama svetaca s kaležom na oltaru. To bi mogao biti sveti Gral, izgubljeni Kristov kalež koji daje vječnu mladost onima koji piju iz njega? Noge mi se tresu. Impulzivno trčim prema kaležu i počinjem piti iz nje. Vino je nebeskog okusa, bogova. Vrti mi se, svijet se vrti, anđeli pjevaju i tlo špilje zadrhti. Imam svoje prvo viđenje: vidim Židova po imenu Isus, zajedno sa svojim apostolima, koji liječi, oslobađa i podučava nove perspektive za svoj narod. Vidim cijelu putanju njegovih čuda i njegove ljubavi. Također vidim kako mu iza leđa djeluju izdaja Jude i vraga. Napokon vidim njegovo uskrsnuće i slavu. Čujem glas koji mi govori: Pošaljite svoj zahtjev. Odzvanjajući od radosti uzvikujem: želim postati vidjelica!

## Čudo

Ubrzo nakon mog zahtjeva, svetište zadrhti, ispuni se dimom i čujem promijenjene glasove. Ono što otkrivaju potpuno je tajno. Mala se vatra diže iz kaleža i slijeće u moju ruku. Njegova je svjetlost pronicava i osvjetljava cijelu špilju. Zidovi špilje transformiraju se i ustupaju mjesto malim vratima koja se pojavljuju. Otvara se i jak vjetar počinje me tjerati k njemu. Svi moji napori mi padnu na pamet: moja predanost proučavanju, način na koji sam savršeno slijedio Božje zakone, uspon na planinu, izazove, pa čak i upravo ovaj prolazak u špilju. Sve mi je to donijelo zapanjujući duhovni rast. Sada sam bila spremna biti sretna i ispuniti svoje snove. Toliko strašljiva špilja očaja natjerala me da podnesem svoj zahtjev. Sjećam se i u ovom uzvišenom trenutku svih onih koji su izravno ili neizravno pridonijeli mojoj pobjedi: moje učiteljice u osnovnoj školi, gospođe Socorro, koja me učila čitanju i pisanju, mojih učitelja života, mojih škola i radnih prijatelja, moje obitelji i čuvar koji mi je pomogao da prebrodim izazove i upravo ovu špilju. Snažni me vjetar neprestano gura prema vratima i uskoro ću se naći u tajnoj odaji.

Konačno prestaje sila koja me gurnula. Vrata se zatvaraju. Nalazim se u izuzetno velikoj komori koja je visoka i mračna. Na desnoj strani je maska, svijeća i Biblija. S lijeve strane je rt, karta i raspelo. U sredini, gore visoko, nalazi se kružni aparat zanimljivog izgleda izrađen od željeza. Hodam prema desnoj strani: navlačim masku, uzimam svijeću i otvaram Bibliju na slučajnoj stranici. Hodam prema lijevoj strani: navučem rt, napišem svoje ime i nadimak na kartu, a drugom rukom osiguram raspelo. Hodam prema centru i postavljam se točno ispod aparata. Izgovaram četiri čarobna slova: Vidjelica. Uređaj odmah emitira krug svjetlosti i potpuno me obavija. Osjećam miris tamjana koji se svakodnevno peče u znak sjećanja na velike sanjare: Martina Luthera Kinga, Nelsona Mandelu, Majku Tereziju, Franju Asiškog i Isusa Krista. Moje tijelo vibrira i počinje plutati. Moja osjetila počinju se buditi i s njima sam u stanju dublje prepoznati osjećaje i namjere. Moji su darovi ojačani i s njima sam u stanju činiti čuda u vremenu i prostoru. Krug se sve više zatvara i svaki osjećaj krivnje, netrpeljivosti i straha briše mi se iz uma. Gotovo sam spreman: Počinju se pojavljivati nizovi vizija i zbunjuju me. Konačno, krug se gasi. U trenu se otvori niz vrata i s mojim novim darovima mogu savršeno vidjeti, osjetiti i čuti. Vriskovi likova koji se žele manifestirati, počinju se pojavljivati različita vremena i mjesta i značajna pitanja počinju nagrizati moje srce. Pokrenut je izazov postati vidovit.

Ovaj me izazov gotovo uništio. Moj spas bio je Čarobnjak, palica koja mi je pomogla da pronađem izlaz. Sad mi više nije potreban, jer svojim vidovitim moćima mogu lako proći pored njega. Imam dar vodstva u pet ravni. Koliko se često osjećamo kao da smo se izgubili u labirintu: Kad izgubimo posao; Kad smo razočarani velikom ljubavlju svog života; Kad prkosimo autoritetu nadređenih; Kad izgubimo nadu i sposobnost sanjanja; Kad prestanemo biti šegrti života i kad izgubimo sposobnost upravljanja vlastitom sudbinom. Zapamtite: Svemir predisponira osobu, ali mi smo ti koji moramo ići na to i dokazati da smo vrijedni. To sam i učinio. Popeo sam se na planinu, izveo tri izazova, ušao u špilju, porazio njene zamke i stigao sam na odredište. Prolazim kroz labirint i to me ne čini toliko sretnim jer sam već pobijedio u izazovu. Namjeravam potražiti nove horizonte. Prošao sam oko dvije milje između tajne odaje, drugog i trećeg scenarija i s tom spoznajom osjećam se pomalo umorno. Osjećam kako se znoj cijedi; Osjećam i tlak zraka i nisku vlagu. Prilazim borcu, svom velikom protivniku. Čini se da je još uvijek nokautiran. Žao mi je što sam se tako ponašao prema tebi, ali moj san, moja nada i moja sudbina bili su u pitanju. U važnim situacijama treba donijeti važne odluke. Strah, sram i moral samo stoje

## SUPROTSTAVLJENE STRANE

na putu umjesto da pomognu. Mazim ga po licu i pokušavam mu vratiti život u tijelu. Ponašam se na taj način jer više nismo protivnici već suputnici ove epizode. Podiže i dubokim naklonom mi čestita. Sve je ostalo iza nas: borba, naše "suprotstavljene snage", različiti jezici i različiti ciljevi. Živimo u situaciji koja se razlikuje od prethodne. Možemo razgovarati, razumjeti se i tko zna, možda čak i biti prijatelji. Dakle, sljedeća poslovica: Neka vaš neprijatelj bude gorljiv i vjeran prijatelj. Napokon me zagrli, oprosti se i poželi mi sreću. Uzvraćam. On će i dalje činiti dio misterija špilje, a ja ću dio misterija života i svijeta. Mi smo "suprotstavljene snage" koje su se pronašle. To mi je cilj u ovoj knjizi: ponovno okupiti "suprotstavljene snage". Nastavljam šetati galerijom koja daje pristup prvom scenariju. Osjećam se samopouzdano i potpuno mirno za razliku od onoga kad sam prvi put ušao u špilju. Strah, mrak i nepredviđeno sve me uplašilo. Tri vrata koja su označavala sreću, strah i neuspjeh pomogla su mi da evoluiram i shvatim smisao stvari. Neuspjeh predstavlja sve ono od čega bježimo, a da ne znamo zašto. Neuspjeh mora uvijek biti trenutak učenja. To je točka u kojoj ljudsko biće otkriva da nije savršeno, da put još uvijek nije ucrtan i ovo je trenutak rekonstrukcije. To je ono što bismo uvijek trebali činiti: Biti preporođen. Uzmimo za primjer drveće: Oni gube lišće, ali ne i život. Budimo takvi kakvi jesu: Šetajući metamorfoze. Život to zahtijeva. Strah je prisutan kad god se osjećamo ugroženo ili potlačeno. To je polazna točka za nove neuspjehe. Prevladajte svoje strahove i otkrijte da oni postoje samo u vašoj mašti. Prekrila sam dobar dio galerije špilje i upravo ovog trenutka prolazim kroz vrata sreće. Svatko može proći kroz ta vrata i uvjeriti se da sreća postoji i može se postići ako smo u potpunosti u skladu sa svemirom. Relativno je jednostavno. Radnik, zidar, domar rado ispunjava svoje zadatke; Farmer, plantažer šećerne trske, kauboj sa zadovoljstvom skuplja proizvod svog rada; učitelj u nastavi i učenju; pisac u pisanju i čitanju; svećenik koji objavljuje božansku poruku, a siromašna djeca, siročad i prosjaci rado primaju riječi naklonosti i brige. Sreća je u nama i očekuje da će je neprestano otkrivati. Da bismo bili istinski sretni, trebali bismo zaboraviti mržnju, ogovaranje, neuspjehe, strah i sram. Nastavljam hodati i vidim sve zamke kojima sam uspio i pitam se od čega su ljudi napravljeni ako nemaju uvjerenja, staze ili sudbine. Nitko od njih ne bi preživio zamke jer nemaju zaštitnu mrežu, svjetlost ili silu koja ih podupire. Čovjek nije ništa ako je sam. Nešto od sebe napravi samo kad je povezan sa snagama čovječanstva. Svoje mjesto može napraviti samo ako je u potpunom skladu sa svemirom. Tako se i sada osjećam: U potpunom skladu, jer sam se popeo na planinu, pobijedio sam u tri izazova i pobijedio sam špilju, špilju koja mi je ostvarila san. Moja je šetnja pri kraju, jer vidim kako svjetlost dolazi s ulaza u špilju. Uskoro ću izaći iz toga.

### Ponovni susret sa čuvarom

Izašao sam iz špilje. Nebo je plavo, sunce jako i vjetar sjeverozapadni. Počinjem razmišljati o čitavom vanjskom svijetu i razumijem koliko je svemir zapravo lijep i opsežan. Osjećam se kao važan dio toga jer sam se popeo na planinu, izveo tri izazova, špilja me testirala i pobijedila. Također se osjećam transformiranom u svakom pogledu jer danas više nisam samo sanjar, već vizionar, blagoslovljen darovima. Špilja je doista učinila čudo. Čuda se događaju svaki dan, ali mi to ne shvaćamo. Bratska gesta, kiša koja oživljava život, milostinju, samopouzdanje, rođenje, istinsku ljubav, kompliment, neočekivano, planine koje pokreću vjeru, sreću i sudbinu; sve predstavlja čudo koje je život. Život je zaista velikodušan.

Nastavljam razmišljati o vanjštini, potpuno u strahu. Povezan sam sa svemirom i on sa mnom. Mi smo jedno s istim ciljevima, nadama i uvjerenjima. Toliko sam koncentrirana da malo toga primijetim kad mi sitna ruka dodirne tijelo. Ostajem u svom posebnom i jedinstvenom duhovnom sjećanju, sve dok me lagana neravnoteža koju je prouzročio netko ne obori s moje osi. Okrećem se ispitivanju i vidim dječaka i staratelja. Mislim da su već dosta dugo uz mene i nisam to shvaćala.

"Pa, preživjeli ste špilju. Čestitamo! Nadao sam se da hoćeš. Među svim ratnicima koji su već pokušali ući u pećinu i ostvariti svoje snove, ti si bio najsposobniji. Međutim, trebali biste znati da je špilja samo jedan korak među mnogima s kojima ćete se suočiti u životu. Znanje je ono što će vam dati istinsku moć i to je nešto što vam nitko neće moći uzeti. Izazov je pokrenut. Ovdje sam da vam pomognem. Vidite ovdje, doveo sam vam ovo dijete da vas prati na vašem pravom putu. Bit će od velike pomoći. Vaša je misija ponovno okupiti "suprotstavljene snage" i omogućiti im da urode plodom u neko drugo vrijeme. Netko treba vašu pomoć i zato ću vas poslati.

"Hvala vam. Špilja mi je zaista ostvarila san. Sada sam vidjelac i spreman sam za nove izazove. Koje je ovo pravo putovanje? Tko je taj netko kome je potrebna moja pomoć? Što će biti sa mnom?

"Pitanja, pitanja, draga moja. Odgovorit ću na jedan od njih. Sa svojim novim moćima vratit ćete se u prošlost kako biste iskrivili nepravde i pomogli nekome da se pronađe. Ostalo ćete otkriti sami. Za izvršenje ove misije imate točno trideset dana. Ne gubite vrijeme.

"Razumijem. Kada mogu ići?"

"Danas. Vrijeme pritiska."

S tim u vezi, skrbnik mi je predao dijete i prijateljski se oprostio. Što me čeka na ovom putovanju? Može li biti da je vidjelac zaista u stanju popraviti nepravde? Mislim da će mi za to trebati sve moje moći.

## Opraštajući se s planinom

Planina udiše mir spokoja i mira. Otkad sam došao ovdje naučio sam to poštivati. Mislim da mi je i ovo pomoglo da je prilagodim skali, prebrodim izazove i uđem u špilju. Doista je bilo sveto. To je postalo smrću tajanstvenog šamana koji je sklopio čudan pakt sa silama svemira. Obećao je dati život u zamjenu za obnovu mira u njegovom plemenu. Stoljećima je Xukuru dominirao regijom. U to su vrijeme njihova plemena ratovala zbog prevare čarobnjaka iz sjevernog plemena Kualopu. Žudio je za moći i potpunom kontrolom nad plemenima. Njihovi su planovi također uključivali svjetsku dominaciju s njihovim mračnim umjetnostima. Dakle, započeo je rat. Južno pleme uzvratilo je napadima i započela je smrt. Cijeloj naciji Xukuru prijetilo je izumiranje. Tada je šaman s juga ponovno ujedinio svoje snage i sklopio pakt. Južno pleme je pobijedilo u sporu, čarobnjak je ubijen, šaman je platio cijenu svog saveza i mir je obnovljen. Od tada je planina Ororubá postala sveta.

Još uvijek sam na rubu špilje i analiziram situaciju. Moram ostvariti misiju i dječaka na koga moram paziti iako ni sam još nisam otac. Analiziram dječaka od glave do pete i odmah to shvatim. To je isto dijete koje sam pokušala spasiti od kandži tog okrutnog čovjeka. Čini mi se da je nijem jer ga tek moram čuti kako govori. Pokušavam prekinuti tišinu.

" Sine, jesu li se tvoji roditelji dogovorili da ti dopuste da putuješ sa mnom? Gledajte, odvest ću vas samo ako je to nužno potrebno.

" Nemam obitelj. Moja majka umrla je prije tri godine. Nakon toga se otac brinuo o meni. Međutim, toliko su me zlostavljali da sam odlučio pobjeći. Skrbnik se sada brine za mene. Sjeti se što je rekla: Trebam te na ovom putu.

"Žao mi je. Reci mi: Kako te otac maltretirao?

" Natjerao me da radim dvanaest sati dnevno. Obroci su bili oskudni. Često me tukao. Uz to, nikada mi nije pružio nikakvu naklonost koju bi otac trebao pružiti. Dakle, odlučio sam pobjeći.

" Razumijem vašu odluku. Iako ste dijete, vrlo ste mudri. Nećete više patiti s tim očevim čudovištem. Obećavam da ću se na ovom putu dobro brinuti o vama.

"Brini se o meni? Sumnjam.

"Kako se zoveš?

"Renato. To je ime koje mi je skrbnik odabrao. Prije nisam imao ime ni bilo kakva prava. Što je tvoje?

"Aldivan. Ali možete me nazvati prorokom ili Božjim Sinom.

"U redu. Kada ćemo otići, vidioče?

"Uskoro. Sad se moram oprostiti s planinom.

Gestama sam dao znak da me Renato prati. Kružio bih svim stazama i planinskim uglovima prije nego što bih krenuo na nepoznato odredište.

SUPROTSTAVLJENE STRANE

*Putovanje u prošlost*

Upravo sam se oprostio od planine. To je bilo važno u mom duhovnom rastu i pridonijelo je mojem znanju. Za njega ću imati lijepe uspomene: njegov ugodan vrh na kojem sam dovršio izazove, upoznao skrbnika i gdje sam ušao u špilju. Ne mogu zaboraviti duha, mladu djevojku ili dijete koje me sada prati. Oni su bili važni u cijelom procesu jer su me natjerali da razmišljam i kritiziram sebe. Oni su doprinijeli mojem poznavanju svijeta. Sad sam bio spreman za novi izazov. Vrijeme planine je prošlo, špilja također, a sada ću putovati u prošlost. Što me čeka? Hoću li imati puno pustolovina? Samo će vrijeme pokazati. Upravo ću napustiti vrh planine. Sa sobom nosim svoja očekivanja, torbu, svoje stvari i dječaka koji me ne pušta. Odozgo vidim ulicu i njen sadržaj u selu Mimoso. Izgleda malo, ali važno mi je jer sam se tamo popeo na planinu, pobijedio u izazovima, ušao u špilju i upoznao čuvara, duha, mladu djevojku i dječaka. Sve je to bilo važno kako bih postao vidjelac. Vidjelac, osoba koja je bila u stanju razumjeti najviše zbunjena srca i nadići vrijeme i udaljenost kako bi pomogla drugima. Odluka je donesena. Ja bih otišao.

Čvrsto uzimam dijete za ruku i počinjem se koncentrirati. Udari hladan vjetar, sunce se malo zagrijava i glasovi planine počinju djelovati. Tada na dnu začujem slabašan glas kako poziva u pomoć. Usredotočim se na ovaj glas i počinjem koristiti svoje moći kako bih ga pokušao pronaći. To je isti glas koji sam čuo u špilji očaja. To je glas žene. U stanju sam stvoriti krug svjetlosti oko sebe kako bi nas zaštitio od utjecaja putovanja kroz vrijeme. Počinjem ubrzavati našu brzinu. Moramo postići brzinu svjetlosti da bismo probili vremensku barijeru. Tlak zraka raste malo po malo. Osjećam vrtoglavicu, izgubljenost i zbunjenost. Na trenutak napadam svjetove i ravnine paralelne našem. Nepravedna društva i tirane vidim kao kod nas samih. Vidim svijet duhova i promatram kako oni djeluju u savršenom planiranju našeg svijeta. Vidim vatru, svjetlost, tamu i zavjese dima. U međuvremenu, naša se brzina još više ubrzava. Blizu smo da premašimo brzinu svjetlosti. Svijet se okreće i na trenutak se vidim u starom kineskom carstvu kako radim na farmi.

Prođe još jedna sekunda i ja sam u Japanu, služim zalogaje caru. Brzo mijenjam lokacije i nalazim se u ritualu u Africi na sesiji obožavanja. I dalje neprestano proživljavam živote u svom sjećanju. Brzina se još više povećava i u kratkom smo trenutku dostigli ekstazu. Svijet se prestaje okretati, krug se raspada i mi padamo na zemlju. Putovanje u prošlost bilo je završeno.
    Kraj

www.ingramcontent.com/pod-product-compliance
Lightning Source LLC
LaVergne TN
LVHW020446080526
838202LV00055B/5357